낙조의 메아리

시 최신영 | 사진 장익규

대경북스

1판 1쇄 인쇄 2022년 4월 18일
1판 1쇄 발행 2022년 4월 22일

시 최신영
사진 장익규
기획 장이지

발행인 김영대
펴낸 곳 대경북스
등록번호 제 1-1003호
주소 서울시 강동구 천중로42길 45(길동 379-15) 2F
전화 (02)485-1988, 485-2586~87
팩스 (02)485-1488
홈페이지 http://www.dkbooks.co.kr
e-mail dkbooks@chol.com

ISBN 978-89-5676-905-9

책 머리에

나는 어려서부터 꿈이 있었는데, 그 꿈은 이 나라 이 민족을 위해 사는 것이었다. 그래서 5.16 군사혁명 이후 정치가 무엇인지도 몰랐으나, 새마을운동에 참여해 시골 동네에서 부녀회장직을 맡아 낮에는 동네 어르신들을 모아 탁아소를 운영하고, 밤에는 동네 글 모르시는 어르신들을 모시고 한글을 가르쳤다. 그리고 좀도리운동을 해서 모아지는 쌀로는 가난한 가정을 도와주었다.

인근에 주둔하고 있던 35사단과 자매결연을 맺어 동네 좁은 길을 넓혀 자동차가 들어오는 길로 만들었다. 마을에 즐비하던 초가지붕 대신 모두 슬레트 지붕으로 바꾸었다. 이런 새마을 운동에 참여해서 그 당시 본부장이던 유달영 님의 특별 표창장도 받았다.

얼마 후 군사 쿠테타가 나쁜 것인 줄 알게 되어 새마을운동을 그만두고 예수님을 믿기 시작해서 세례를 받고 일년 후에 신학교에 들어갔다. 영적인 훈련을 잘 받고 졸업하여 시골 교회에서 단독 목회를 시작했다. 단독 목회가 적성에 맞았는지 재미있게 활동했다.

지금 이 시집은 젊은 시절 목회하면서 하나하나 쓴 시들을 모아 엮은 것이다. 책으로 내기에는 부족하다는 생각에 망설이고 있었는데, 두 아들과 며느리들이 서둘러 팔순 기념으로 이 시집을 출판하게 되었다.

독자분들의 이해와 지도 편달을 바란다.

2022년 4월

팔순 기념일에

최 신 영 드림

어머님께 드리는 편지

큰아들 영배

어머니, 기억나세요? 어릴적부터 어머니 곁에 늘 품고 계시던 시집을 언젠가는 책으로 출판하면 좋겠다는 말을 드렸었죠. 그 생각을 품은 게 벌써 40년이 넘었습니다. 그때 당시도 어머니가 쓰신 노트는 오래되어 누런 종이였어요. 대부분 어머니께서 20대에 쓰신 작품이니 내가 어릴적이라도 이미 20여 년 세월이 지난 뒤였을테니까요.

그런 어머니의 시들이 60여 년 만에 한 권의 책으로 출판되었습니다. 올해가 어머니 팔순이 되는 해인데, 진작에 책으로 출판해드리지 못한 것이 자식으로 죄송하고 부끄러울 따름입니다. 동생인 기배도 나와 같은 마음일 거에요.

아내 해선 씨가 이 시들을 책으로 출판하자고 의기투합해주었고, 이미 책 출판의 경험이 있는 제수 정은 씨가 일사천리로 일을 진행해 주었습니다.

어머니께서 퇴고를 위해 우리집에 오셨을 때, 사실 처음으로 어머니 시집을 처음부터 끝까지 다 읽었어요. 어머니의 초년으로부터 성년에 이르는 동안 겪으셨던 희노애락이 담겨있는 시들을 통해 삶의 지혜를 다시 얻었습니다. 무엇보다 하나님을 영접하신 후의 놀라운 경험들과 신앙고백에 감동하였습니다.

저는 이 시집이 어머니가 시작하신 믿음의 전통을 자손들에게 계속 물려줄 믿음의 족보와도 같은 역할을 해주리라 믿습니다. 이렇게 좋은 유산을 남겨주셔서 감사드립니다. 그리고 우리 안에 늘 놀라운 기적을 이루시는 하나님께 찬양을 높여드립니다. 그리고 어머니! 사랑합니다.

2022년 4월

아들 영배 올림

사랑하고 존경하는
아버님과 어머님의 작품들을 맞이하며

큰며느리 이해선

사람을 사랑하고, 나라를 사랑하고, 하나님을 사랑하고, 하나님의 창조물을 사랑하신 아버님 어머님! 수많은 계절을 보내며 한 사람 한 사람에 대한 사랑과 섬김의 수고로 피어난 순간순간이 이렇게 어머님 팔순을 기념하는 한권의 책으로 엮어져 열매 맺게 된 것을 진심으로 축하드리고, 자녀로서 기쁘고 감격스럽습니다.

아랫목 뜨끈한 안방으로 불러, 두툼한 낡은 연습장 두 권 무심한 듯 건네 주시며, "내가 쓴 건데 어떤지 한번 볼래?" 하고 부엌으로 나가셨을 때, 마치 저는 어머니의 세계를 확 안겨 받은 느낌이었습니다.

지금까지 전도사님으로, 목회를 하시는 아버님 곁에서 사모님으로 대범하고 씩씩하게만 걸어오신 어머니의 마음 안에 깊은 울림들이 가득가득 담겨 있어 얼마나 울컥울컥 목이 메이고

필체에 감동을 받았는지 모릅니다.

한 장 한 장 넘길 때마다 깊은 눈물 끝에서 만날 수 있는 그리움이 눈물 빛으로 녹아 있었고, 어머니를 일찍 여읜 외로움조차 툭툭 털고 믿음으로 힘있게 다시 일어나 글에 쏟아 부은 그 웅장한 세계를 차마 혼자 볼 수 없겠다는 생각에 책으로 내자 한 결심이 이제사 열매 맺게 되었습니다.

"이 세상에 내가 떨어졌으니 내가 낙조지." 하시며 둘째 아들 기배 씨가 선택한 제목에 환하고 소녀 같은 미소로 맞이하시며, 큰 아들 영배 씨와 퇴고하며 행복해하시는 모습을 바라보며 저 또한 큰 감격과 감사함을 느낍니다.

큰 슬픔도 안타까움도 아쉬움과 아픔까지도 모두 승화시키시며, 아름답고 멋있고 힘있게 살아 오신 어머님 수고의 빛나는 열매가 아닌가 싶습니다.

무엇보다 큰 모니터를 안고 나오셔서 조그마한 상 위에 올려 두시고는 "얘야, 이거 한번 봐 봐라."하시며 보여 주신 한 컷 한 컷 아름다운 하나님 세계를 담은 아버님의 주옥 같은 사진들이 어머니의 작품들을 품는 큰 배경으로 함께하여 이 또한 설렘으로 남습니다.

아버님 눈을 통해 전해주시는 하나님 작품들이 얼마나 섬세하고 아름다울 수 있는지 감동을 금할 수 없는 작품들이어서 진작부터 목회를 하신 아버님께 축복의 말씀과 함께 사진집으로 출간하자는 말씀을 드리기도 했는데, 이번 어머님 팔순을 기념하여 어머님의 시와 더불어 두 분의 아름다운 삶의 궤적이 한 권의 작품으로 담겨져 마음 가득 감동이 벅차 오릅니다.

아버님 어머님께서 하나님의 기쁨으로 전해 주신 사랑과 아름다운 신앙을 저희가 이어 받아 부모님의 면류관으로 살아가겠습니다. 저희 곁에서 늘 기도와 축복으로 함께해 주심에 감사하고 사랑하고 존경합니다.

또한 힘있는 열정으로 이 책이 출판되도록 이끌어 준 동서 장이지 대표에게 너무 너무 고맙고, 관대하게 기다려 주시고 섬세하게 작업해 주신 출판사 대표님께도 진심으로 감사합니다.

2022년 4월

언 땅을 뚫고 나온 새싹을 맞이하는 봄에
큰며느리 이해선 올립니다

어머니의 시집 출판을 축하드리며

둘째아들 기배

어머니! 팔순을 맞이하시고, 이렇게 멋진 시집을 발간하게 되신 것 정말 축하드립니다.

우리 어머니가 젊은 시절에 시 쓰는 것을 좋아하셨다는 것은 알고 있었지만, 사십대가 돼서 어머니의 시를 읽어보니 한 편 한 편에 삶의 대한 고민과 하나님에 대한 사랑이 가득 담겨있음을 알게 되었습니다. 우리만 보기에는 너무나도 아까운 감동과 영감을 주는 주옥같은 시들이 가득했습니다.

저에게는 전혀 표현을 안 하셨기 때문에, 외할머니께서 어머니가 아기일 때 일찍 돌아가셨다는 것만 알았지, 어머님이 어떤 마음으로 외할머니 없이 세상을 살아오신지를 전혀 모르고 있었습니다. 이 시들을 보면서 지금까지 어머니께서 외할머니에 대한 간절한 그리움을 간직하고 살아오셨다는 것을 애절하게 느낄 수 있었습니다. 어렸을 적에 어머님을 여의시고 얼마나 많은 아픔과 삶의 불안과 번민 속에 고통받으셨고, 그러한 아픔을 신앙의 영접을 통해 극복해 내시는 것을 보며 정말 감동을 받았습니다. 시집 곳곳에 최신영이라는 시인의 삶의 희로애락이 담겨있음을 보았습니다. 자식으로서 그러한 어머님의 마음을 시로서 이해하고 공감하게 된 것이 정말 감사할 따름입니다.

이렇게 멋진 시를 쓰시고 세상에 내보이게 되어 너무 기쁩니다. 어머니께서는 삶의 큰 아픔이 있으셨지만, 그것을 저희 두 형제에게는 정말 충만한 사랑으로 채워주셨어요. 그런 것을 전혀 내색하지 않으시고, 항상 형과 저에게 정말 자애로운 어머니로 계셔주신 것에 정말 인정과 감사를 드립니다.

시의 분위기에 맞춰서 정말 예술적인 사진을 넣어주신 아버님께도 감사드립니다. 두 분 다 오래오래 건강하게 행복하게 사시길 기도합니다. 저희도 최선을 다해서 부모님과 행복한 추억 많이 만들도록 효도하겠습니다. 저와 형을 세상에 태어나게 해주신 것 정말 감사드립니다. 어머님 아버님 사랑합니다.

끝으로 이렇게 멋진 책을 내는데 크게 기여해 주신 형과 형수님, 그리고 아내에게 진심으로 감사드립니다.

2022년 4월

둘째아들 기배 올림

어머님, 아버님의 책 출간에 붙여

둘째며느리 장이지

"주라 그리하면 너희에게 줄 것이니 곧 후히 되어 누르고 흔들어 넘치도록 하여 너희에게 안겨 주리라 너희가 헤아리는 그 헤아림으로 너희도 헤아림을 도로 받을 것이니라" (신약성서 누가복음 6:38)

위대하신 어머님께...

어머님의 시를 보고 또 보고 또 보았습니다.

뜨거운 눈물이 흐르고 가슴이 먹먹했습니다. 지금까지 시어머니로 바라보았던 10년의 세월과 이 시 한 편 한 편이 마음으로 다가왔습니다. 용감하게 때로는 고군분투하며 외로움을 이겨낸 한 여자의 삶이 느껴 졌습니다. 80년의 삶을 담은 이 시가 저에게는 그 어떤 책보다 큰 감동을 주고 마음을 움직이는 글로 느껴집니다.

어머님이 당신 어머님에 대한 결핍과 외로움을 넘어서서 가족들에 대한 사랑과 주변 사람들에 대한 베풂과 사랑으로 가득 채워진 삶을 사신 것에 인정과 감사를 드립니다. 그로 인하여 따뜻하고 사랑이 넘치고 멋진 두 아들을 기도로 키워 내신 것 같습니다. 20대 초반에 어린 나이에 어머님을 처음 뵙던 그 날이 아직도 기억에 생생합니다. 이제는 가정을 꾸려 며느리로 가족이 된 지도 10년이 넘었습니다.

오로지 자식들을 위해 팔십 평생을 근심걱정으로 살아오신 어머님, 아직도 소녀처럼 감수성이 풍부하시지만 저희를 위해서라면 누구보다 강한 여자가 되시어 사랑으로 따뜻하게 지켜주신 어머님, 예쁜 옷, 예쁜 구두, 화장보다 자녀만을 위해 살아오시고 희생하시며 자녀가 잘 되는 것 하나만으로 기뻐하셨던 어머니, 마냥 포근한 그 위대한 사랑을 느껴봅니다.

존경하는 아버님께...

아버님의 눈 너머 마음이 담긴 사진 한 장, 한 장에 보였습니다. 아름다운 마음을 지니신 아버님의 작품들이 어머님의 시와 만나니 더 크게 벅차오릅니다. 50 평생을 성도들의 삶을 위해 헌신하시며 하나님의 말씀을 전달하신 것 인정드리고 존경합니다. 쉽지 않은 길, 때로는 무겁게 느껴졌을 모든 순간들, 가족에 대한 사랑과 하나님에 대한 사랑으로 지켜오신 아버님이 진심으로 자랑스러워요. 보고만 있어도 빠져드는 아버님의 사진들을 책으로 만날 생각을 하니 지금도 잠이 오지 않습니다. 가슴이 여미는 사진의 장면들 평생 간직하고 기억하겠습니다.

   황혼의 아름다움을 즐기실 수 있게 더 잘 살고 효도할게요. 아버님, 어머님의 며느리가 되어 행복합니다. 존경하고 사랑합니다.

2022년 4월

둘째 며느리 장이지 올림

차 례

초년의 푸념

주님께 받은 은혜

주님께 드리는 편지

초 년 의 푸 념

너 자신을 알라

너는 너만이 잘 알고 있을 것이다

나의 열망

나의 꿈을 그려보고 싶다
아름다운 시로 나의 꿈을 그려보고 싶다
하나님의 창조의 세계를 그려보고 싶다
아담의 타락한 모습을
가인과 아벨의 제사의 모습을
노아 때 물 심판의 모습을
아브라함의 신앙의 모습을
이삭의 순종의 모습을
야곱의 기도의 모습을
한마디 설교로 그리고 싶다

나의 발걸음이 가닿는 곳에는 언제나 詩가 남을 것이다.

落地日(낙지일)

앞산에 아지랑이 춤을 출 때에
종다리 노래소리 들려 올 때에
벽시계 바늘은 청룡이 되어
어느 집에 어린애 울음소리 들려왔어요
락조라는 인생이 탄생했대요
험난스런 이 세상에 왜 왔는지 몰라도
불행한 락조가 탄생했대요
오라는 이 없어도 오긴 했지만
세상에 와서 보니 슬픔 뿐이죠
천 구백 사십 삼 년
사천 이백 칠십 육 년 이월 초 엿새
불행한 락조가 落地(낙지)한 날이라네
박덕하고 박복한 인간 락조는
참되고 현철하게 살아가련다

고독한 자만이 좋은 작품을 쓸 수 있다

26

母親 別世 (모친 별세)

락조가 세상에 태어난 지 사 년이 되니
행복하게 살아가던 웃음 웃고 살아가던
우리 가정에 불행의 그림자 나타났어요
그렇게도 현명하신 우리 어머니는
악독한 병마의 침략을 받으셔
영원히 오지 못할 머나먼 곳으로
새싹이 틀 무렵 이월 그믐날
불행히도 이 세상을 떠나셨어요
그렇게도 사랑하던 어린 자식들 못본 듯 하시고
자식들에게 불행을 한아름 남겨주시고
아무 말도 하시지 않으시고
영 오지 못할 저 세상으로 가셨답니다

불운의 실마리

거치른 숨결 몰아쉴 때
거치른 숨결 몰아쉴 때
내 몸은 불행해졌노라

바람이 불고 풍랑이 일어도
내 마음 움직임이 없으리라
나는 거기서 삶을 알았노라

살아서 내 할 일 못할진대
검은 그림자를 따라 사라지리라
삶을 알 때부터 마음 먹었노라
오오 죽음의 행진곡이여

立春^(입춘)의 葬送曲^(장송곡)

기쁨이 나부끼는 봄바람에
슬픔이 스며드는 불투명의 세계
봄동산 위의 햇님은 눈시울 적시며
하얀 행렬의 움직임을 자꾸만 따라 가는구나
슬픔과 눈물과 괴로움의 길을

어머니 상여 나가는 모습을 추억하며

鳴憂曲(명우곡)

삼월의 하늘 밑에 나는 울었소

너무 어려서 세상분별 못하던 나는 울었소

그러다가 새어머니 맞아들였대요

그때부터 락조는 더욱 울었소

무엇이 슬퍼서 울었을까요

어머니 그리워 슬퍼했대요

그런데 새어머니 오신 뒤에는

조그만 락조는 더욱 울었소

어머니 어머니 왜 죽으셨어요

어머니 어머니 왜 죽으셨어요

아주 저를 버리고 가신 뒤에는

아주 저를 버리고 가신 뒤에는

그때부터 락조는 울었습니다

잃어버린 고향

하마
모습도 마음도 잊은 듯
아아
못내 돌아오지 못할 고향이여
항시
눈만 감으면 나를 껴안고
부드러운 가슴이 멀고 먼 바람이라

한숨이 겹도록
울고 또 울어도 찾을 수 없는
잃어버린 평화로운 影像(영상)
스스로 시름에 잠긴 꿈
원망은 몸부림쳤다
허우적거리며 걸어간다

발 디딘 곳이
슬픔이 흐르는 눈물이 되어
사랑하는 아픔으로 신음한다
음사의 바람소리만이
영혼의 문을 두드린다

꿈속에서 어머니를 만나던 날

孤獨(고독)한 寢牀(침상)

어릴 때 어머니를 여읜 락조는
꿈속에서 어머니를 만나 봅니다
고독한 침상에 홀로 누워도
내 잠은 꿈길 찾아 깊이 들어요
그러나 자다 깨면 허공 뿐이외다

꿈속에서 어머니는 이런 말씀을
현명하고 정직하게 살아 가라고
그리하면 네 앞날 행복하리라
이러한 말씀을 해주셨어요
어머니 그 말씀 명심하겠어요
그러나 내 침상은 고독합니다

형제들의 사랑 속에 살긴 하지만
어머니 꿈속에 비할 수 있으리오
사랑에 굶주린 나의 심정은
이 밤에도 어머님 환상 찾아 잠들려 해요

제삿날

세상은 너무도 무상하지요
무정한 세월은 물같이 흘러서
어머니 제삿날 벌써 돌아와
맛있는 음식을 다채롭게 차려놓고
온 가족이 한 자리에 모여 앉아서
울고불고 통곡해도 무슨 소용있어
죽고 나면 허무한 게 인생의 길이요

풀잎은 봄이 되면 돋아나지만
사람은 죽으면 안 오나 보오
사람은 죽으면 없어지나 보오
이래서 인생살이 무상하지요
해마다 제삿날 돌아오면은
어머니 넋 맞으러 나가 봅니다
어머니 넋은 보이지 않고
차가운 별빛만이 눈물 머금어요

뱃사공

폭풍과 싸워가며 노를 저어가는
락조라는 뱃사공
풍파에 부딪혀 파선될지 몰라서
열심히 노를 저어 갔대요
부드득 이를 갈며
강상의 황혼을 회포하고
오오 역경의 날들이여

早春(조춘)의 離別(이별)

언덕에 아지랑이 피어 오르고
교정의 매화꽃도 활짝 핀 날
정든 스승의 곁을 떠나
정든 벗들의 눈시울 적셔주고
언제나 거닐었던 교정과도 헤어져야 할
아아 빛나는 회고여라

自啓心 (자계심)의 修鍊 (수련)

그 누구 나에게 참다운 계명을
주지 않았지만
하나님만이 열어주는 무궁함이여
고요하고 어두운 밤이 오면은
어스레한 등불 밑에 공부합니다
현명하고 진실한 사람 되기 위해
춘하추동 눈보라 비바람 무릅쓰고
내 앞날 밝은 등불 구하기 위하여
모든 고통 참아가며 공부하였소
언제나
나의 스승이시며 보호자이신
하나님이시여

고통

세상에 버림받은 이내 심사여
애달파 잠 안 오는 이내 심사여
남 몰래 흐르는 눈물 걷잡지 못하고
때로는 먼 산만 바라보며 한숨 쉬었소
천길만길 낭떠러지 속에서 나오지 못하고
배움에 굶주려 우는 심사여
죽을래도 죽지 못하고 사는 심사여
때로는 밤새도록 베갯머리 적시며
잠든 적 한두 번 아니었대요

죽음을 원하는 나에게
죽음이 모르는 체하고 달아나는가 봅니다
세상의 모든 일이 나에겐 불만이요
세상의 모든 일이 나에겐 고통뿐이요
어찌하여 살기가 이렇게 괴로울까
때로는 하나님을 원망하였소

사춘기

봄이 되면 새싹이 돋아나듯이
사람도 봄이 되면 변화하는 것
약하고 어린 몸이 모르는 새 변하여
목소리가 어글어글 언제 변하여
정신과 육체는 부풀어 오르다

감정이 무르익을 때

보라 그대 자녀의 성장을
여름이 방초같이 무럭무럭 자라는
그 모습 사랑스럽지 않은가

보라 사색에 잠겨있는 자녀를
나뭇잎이 떨어지는 것을 보아도 눈물을 짓고
어떤 슬픔의 눈물일까

부모들이여
사색에 잠겨있는 자녀들에게
인생을 제대로 가르쳐 주시오

가을밤

저 푸른 저 바다
거기엔 수없이 헤아릴 수 없는 많은 보석들
반짝반짝 한없이 가물거리는
천사들만 타고 가는 저 외로운 조각배
정착지가 어디인지 흘러만 가는구나

사랑하는 이여
이 밤에 이 창파의 秘景(비경)을 바라보나요
나는 이 창파의 조각배를 무척 그립니다

사랑이여
안타까운 밤이 와요
고독을 지켜야만 할 운명
당신이 내 곁에 있을 때는
저 조각배를 타고
어디론가 우리는 흘러갑니다
조각배를 타고
저기 은하수를 건너 오작교까지

장미의 속삭임

사랑을 속삭이는 연인같이
남몰래 웃음짓는 연인같이
언제나 햇님은 따스하게 입맞추어라
방긋이 웃고 청춘을 노래하네

햇님은 서산 넘어 가셨네
나는 달님의 품속에 잠들었네
새벽 종소리 들릴 때
별님은 내 얼굴 이슬로 씻어주었네

계절풍

초록빛 고운 입술에 (春)
솔바람 스쳐가더니 (夏)
푸른 꿈이 시들어졌다고 (秋)
백설이 휘날리는가 하노라 (冬)

창문을 열어다오

봄 밤은 깊어가고
별들의 다정한 속삭임 들리는데
설움이 가슴이 울고 있어요

봄이 왔다고 얼음이 녹는데
굳어진 이 가슴 풀릴 줄 몰라라
오오 답답한 이 가슴 어이하리
그대여 창문을 열어다오

祕苑(비원)의 창가에서

한낮 옛 시름의 눈물이
고궁의 심볼이 내다보이는 그것으로
그칠 줄 모르고 흐르는도다
먼 빛에 교회당의 종탑이 아련히 솟아 있고
도시의 어즐비한 집들이
고궁의 드높은 수목 사이로 보이누나

한 방울 두 방울
자꾸만 떨어지는 눈물에 가려
희미해지는 정경이여

孤獨(고독)의 門(문)

어디로 갈까
허공을 향하여 외쳐 보아도
대답하는 이 없구나

솔바람이 나의 창문을 두드린다
그리고 나는 창밖을 내다보았다
아아 보인다 보여
인간의 슬픈 얼굴이
어떤 여인들의 슬픈

실연 속에 뿌리박힌 아픔으로
신음하는 여인들은 울음을 터뜨렸다
허공을 향하여 긴 한숨을 쉬는구나
그리고 죽음의 문을 두드려 본다

강물은 흘러가네

강물은 흘러가네
흘러가네
쉴 새 없이 흘러가네

나 혼자 걸었네
굽이치는 물결 바라보며
달 밝은 이 밤에
차가운 이슬 맞으며
정처 없이 걸었네

만경창파 파도소리 철썩철썩 거문고 소리
우거진 갈대의 노래 소리 들으며
한없이 걸었네

비굴한 웃음

너의 미소짓는 얼굴
너의 다정한 목소리
하지만
내 눈에 보이는 너는 심장이 썩었구나
차라리
내 앞에서 웃음을 거두어라

기적소리

기적소리 들리네
고요한 산촌의 메아리를 울리며
청춘의 희망을 싣고
황혼의 절망을 싣고

하늘은 구름이 덮었네
기차 연기 구름되어 하늘을 덮네
아무런 음향도 없이
그림자만 남기고 갔네

기차는 갔네
검은 연기만 남기고 갔네
답답한 황혼을 싣고
찬란한 청춘을 싣고
기차는 갔네
연기만 남기고 갔네

離別^(이별)의 助言^(조언)

湖^(호)

헤어짐이 진정 오고야 말았구려
천리라도 만리라도
찾아갈 힘은 나에게 있어
하지만
다정 속에서 헤어짐이
한 폭의 꽃시절일지도 몰라
언젠가는 행복한 미소를 띄우고
쉽게 얻을 수 없는 정을 되살려

湖^(호)

행복한 미소를 띄어보라
인생의 패배자가 되지 말고
큰 꿈의 실현자가 되어다오

김제 행안면 정모에게

구름다리에서

구름다리
산과 산을 이어주고
가난과 가난 사이를 위로해 주는 이름이여
호탕한 군왕의 호령소리 들릴 때는
너는 가난과 친구는 아니었겠지

구름다리
너의 품에 안겨있는 안개 낀 괴로움에게
너의 뜨거운 사랑으로 위로해주렴
그리고 너를 찾아오는 시인들에게
언제까지나 서정의 감흥을 일깨워 주어라

구름다리
너의 품에 찾아들어 꿈을 사르려고 하는
어떤 청춘에게
삶의 의욕을 심어주어라

전주 교동 오복대 구름다리에서

잃어버린 설계도

아직도 동심에 어린 몸이건만
동녘하늘 퍼지는 햇살에
부풀은 가슴 설레임 왜 왔는가
설움의 상처만이 좀먹어가는 아쉬움
무거운 정신의 요동침이여

나를 위한 애처러운 삶인가
모래사장에 초석없이 세운 높은 보좌
누구의 잘못인가 혼잣말로 물어보아도
바람에 날리는 낙엽만이 눈시울 적셔주네

사랑에 울고 황금에 우는 내 청춘 아니건만
무엇을 못잊어 이 밤도 잠 못 이루나
현실과 타협도 해보았지만
뒤돌아서면 아련히 떠오르는
굶주리고 헐벗은 환상들이여

고향하늘

넓다란 푸른 하늘
그리고 수목이 우거진 산등성이
빽빽한 소나무들
지금은 소나무 어디 가고
여기저기 뫼만이 서러운 듯 남았어요
오오 이 타오르는 세계(웅심의 세계)

잔디만이 무심히 밟히는
금잔디 동산에 나 혼자 서 있네
서쪽 하늘은 넓고 벌이 활짝 트이고
동남북 산가림에 답답한 이 가슴
서쪽하늘 바라보며 한숨 짓노라

열렬히 타오르는 이 꿈
언젠가는 못 이룰 꿈이라도
아아 푸른 하늘 푸른 동산이여
꿈 못 이뤄 못내 서러워하노라

흐르는 情(정)

서산 넘어
광야 황금 파도 속에
무심히 바라보던 그림자가
내 마음 흔들어 줄 줄은
하지만
나는 무정한 사람이라오

그대는 정녕
흙속의 진주일거야
거짓을 모르는 눈동자와
이지적인 하얀 얼굴

그대가 물으면
나는 바람이라고 대답하리라
그대가 물으면
나는 바람이라고 대답하리다

病(병)

불타는 감정이 식어가는 징조
낙망이 주는 아쉬움
죽음의 사자에게 끌려가는 지름길
어떤 미련이 가기 싫어 해 봐도
신경이 희미해지는 체온이여

생노병사 그것은 누가나 가는 길이라고
푸념을 하였지만
그리운 이의 가슴에
사랑의 씨를 뿌리고
잊지 못할 미련에
죽도록 사랑하고 싶었다

삶

흙
그것이 좋은 존재야
신의 입김에
어엿이 약동하는 생명이 되어
넓은 자연의
포옹 속에 창조력이 용솟음치는
젊은 꿈 그것이 행복이야

흙
다시 힘 없는 허수아비가 되어
신의 그늘에 들어가
죄가의 판단을 들을 것이다

눈 내리는 밤길

나의 고독
나의 번뇌
그 누구 가져갈 자 없느냐

나는 고독에서 뛰어 나오고 싶다
아니 고독은 나의 스승이다
고독 속에서 생각하고
생각 속에서 깨닫는 기쁨
눈은 나의 고독을 위로해 줄 양인지
어두움을 잊은 듯 자꾸만 내린다

나의 발걸음은 어디로 갈 것인가
오오 고독한 길이여

푸근한 눈을 맞으며
나는 걸었다

아무도 없는 산골의 오솔길을
바삭바삭 소리나는 눈과
고독을 속삭이며 걸었다

평화의 사도

평화
누구도 막을 수 없는
이 행복한 시간을 위하여
부모형제의 품속을 떠나
싸움터로 가버리는
용감한 젊은이

언제 어디서 죽을지도 모르지만
자유와 평화를 위하여
사랑이여 어쩔 수 없으오
잘 있으라 사랑아
잘 있으라 사랑아
기약 없는 이별 서러워 말고
정의는 승리하리라

戀心 (연심)

만나기 전의 생각은
많은 할 말을 헤아려 보았지만
희망의 그늘 밑에서
헤아려 보던 말은 다 없어지고
침묵이 주는 달콤한 그리움을 나는 맛보았다
할 말은 문제가 아니었다
다만 님의 부드러운 눈길에
부끄러운 웃음을 지어보였을 뿐이다

무너지려는 믿음을
다시 붙들고 님의 곁을 향하여
울다가 웃다가 자꾸만
나는 가는 것이외다

希望(희망)

잡힐 듯 잡힐 듯 그림자와 같은
발걸음마다 아른거리는
보이지 않는 환상이여

봄의 여신처럼 나를 불러주는
거짓말쟁이 희망이여
버릴래도 버릴 수 없는 환상이여

희망아 너를 잡기 위하여
이렇게 내 머리 희어졌구나
이젠 허리도 제법 아프고
거짓말쟁이 희망아 넌 여우였다
하하하
그렇지만 너 때문에 오래는 살았다

새싹

겨우내 가지 못한 앞산에 올라
봄바람 꽃바람에 시름 잊었다
언덕 위에 아지랑이 가물거리고
종다리 노랫소리 흥겨웁도다
돌담 위에 서있는 매화나무에
싹트는 어린 잎들이 바시시 눈을 부빈다

길가에 버드나무 춤을 출 때에
지나가던 봄바람 노래 부르고
낮잠 자던 보슬비 아가씨
다시 만난 봄동무 품에 안기어
어린 아기인 양 반가운 눈물을 흘리니
버들가지 새싹이 바시시 하품하는구나

처세술

一步後退(일보후퇴)
二步前進(이보전진)

겸손 속에서 교만을 물리치고
행복한 열매가 익을 때까지
슬픔을 물리치고
괴로움을 물리치고
현재는 패배하였더라도
미래는 전진하리라고
나는 오늘부터 영원히 믿는 것이다

讀書(독서)의 향기

백합도
장미도
이렇게 향기롭지는 않을 거야
글의 향기 속에 취해 있을 때
자신도 의식할 수 없는
불멸의 행복감에 사로잡혔어라
이 아름다운 세계

어느 누구인들 이렇게 행복할소냐
내 영원히 사랑하는 평화로운 세계여

조용한 평화

신앙 속에서
부지런히 일하고
안락한 가정을 이루고
모든 사람의 눈물 속에
영원히 잠들어라

孤獨(고독)의 季節(계절)

落葉(낙엽)은 떨어져
가로수는 뼈만 앙상하구나
왜 그럴까
내 마음
슬프기만 하여라

소나무 가지는 변함없이 씩씩해 보이누나
왜 그럴까
나도 모를 이 낭만의 계절
내 청춘 병들지도 않았건만
어쩐지 설움이 복받쳐라

鄕村(향촌) 길을 걸으며

속세의 슬픔 속에 사느니보다
사랑이여
조용하고 쓸쓸한 오솔길을 걸어보고 싶지 않소
도시의 사람 썩는 냄새 버리고
황금 파도 물결치는 향촌의 찬란한 풍경을 보라
사랑하는 이여
허탕한 생활속에 탈속하여라
그리하여 이 외딴 초원의
양지바른 마루에 앉아
장미꽃 한송이 들고
장엄한 인생을 뉘우쳐 봅시다

希望(희망)의 계절

먼 산의 높은 봉우리에는
아직도
흰 눈이 녹지 않았건만
철 이른 종달새 봄노래 부르네

조춘에 넘나드는 봄바람
흰 구름 조각 모아놓고
보슬비 소리 없이 버들가지 적셔주네

강남 갔던 제비는 봄 소식 전하고
나의 마음 벌써 부풀었네
봄바람 타고 오시는 봄 처녀 생각에
내 마음 부풀었네
꽃 피고 나비 날아드는 꽃밭을 거닐고 싶다고
머지않아
꽃 피는 날에 내 마음 불꽃도 타리라고요

꽃이 피었네 기화요초 모두 피었네
오오 아름답다 대지의 신비속에
알 수 없는 이상스런 웃음 소리 들리네

흰 구름 꿈 노래

흰 구름이 하늘을 거닌다
나는 흰 구름 쳐다보며 산 위에 섰다

나는 흰 구름 되어 하늘 길을 걸어간다
산 위에 섰던 나는 어디로 갔다

목화송이처럼 하얀 구름이 되어
한숨소리 들리는 지상을 내려다 본다

뭉게구름 흰 구름 둥실둥실 떠나간다
허물어진 영원의 비밀을 담뿍 싣고

흰 구름 속에서 새가 떨어졌다
나는 흰 구름을 쳐다보며 냉소한다
흰 구름이 하늘을 거닌다
나는 흰 구름 쳐다보며 산 위에 섰다

離別(이별)

철쭉꽃 필 때 오신 님이
철쭉꽃 질 때 왜 가시나
웃음 웃고 노닐 때 어제련만
이별에 앞서 눈물 지네

정녕 이별은 막을 수 없나봐요
서러운 이별에 안타까운 심정
다만 가슴을 태우고

차라리 너와 나 원앙이 되어
하늘 높이 날아가 버리자
님이여 영원한 님이여
영원한 이별은 아니겠지요
당신이 없는 텅빈 마음
울다가 울다가 지쳐
그 다음 그 다음은 몰라요

偶然(우연)

우연 생각하면
신기한 일들이군
우연히 알게 되어 사랑을 속삭이는
그것들이 생각하면 우스운 일들이야

그리고 생각해보면 나도 역시
그러한 일들에 신경을 쓰는지도 몰라
열렬하고 믿음직한 모습

우연히
어쩔 수 없이 황홀해진 마음이여
고궁의 별난 지점에서 맺은 우연이여
활짝 핀 꽃의 향기 속에서
한없이 부풀어가는
우연한 모습들

검은 눈동자여

무어라 불러볼까
아니 이름 지을 수 없는 그리움
때로는 꿈결 속을 아른거리는 모습이여

그대여
아니 검은 눈동자여
억제할 수 없는 설레임
추억 속의 검은 눈동자여
심장만 타는 이 가슴일러라

春心(춘심)

나는 고독해요
그리고 어쩐지 그리웁고 애절한
안타까운 마음 금할 수 없어요
어디엔지 의지하고 싶은 생각이란 어쩔 수 없어요
차마 갈잎처럼 흔들리는 마음
붙잡을 수 없이 요동치는 마음
고독과 낭만과 분노에 찬 애절한 그리움이여

타락

자존심과 위신
희망과 의지
그리고 사는 것도 죽는 것도 내 알 바 아니야
불안과 저주 속의 염증나는 것뿐
아무런 희망도 미래도 없다

악마와 천사 속에 흐르는 요지경 속이여
괴로운 인생길이여
아아 정처없이 옮겨지는 이 발걸음
허물어진 꿈길 속을 더듬으며
한없이 흘러간다네

미련

버드나무 춤을 춘다
숲속의 갈잎은 노래 부른다
달빛은 눈물을 머금고
너와 나의 정화도 떠나고 말았다
그러나
심장에는 아직도 인정의 동맥이 뛰논다

비사벌 湖畔(호반)에서

봄이 오면
벚꽃이 피고
오월 단오절이 오면
호반의 푸른 물위에 뱃놀이하고
소나무 가지에 그네 뛰는 아가씨들
이 모두가 호반의 아름다운 풍경이다

炎天之節(염천지절)

여름 날의 태양은 이글이글 타오른다
그리고 태양이 타오를 때면은
논밭에서 김을 매는 형제들의
등쌀을 뜨겁게 하며
모이 줍던 닭들은 울밑에 졸고
멍멍 짖는 강아지도 더위에 지쳐
그늘 찾아가며 식식거린다

信念(신념)

나는 신념 속에 살고 있다
목 마르고 안타깝고 허전하고 외로워도
행복이란
신념 속에 있으리라는 실의를 믿고 싶어
어떠한 불행도 물리칠 수 있는 신념 속에 살고 있다

의심과 미움
성난 먹구름과 같은 그것은
불행의 원소가 되고 말거야
의심 속에는 미움이 생기고
미움 속에는 싸움이 생기고
싸움 뒤에는 파멸이

나는 참된 신념 속에 살아가련다
가난을 덮고 외로움과 쓰라림을 참고
신념 속에서 행복을 거두련다

實在^(실재)

春想客^(춘상객) 부풀은 가슴이여
夏想客^(하상객) 창창한 희망이여
秋想客^(추상객) 이슬 맺힌 눈동자여
冬想客^(동상객) 구부러진 어깨여
즐거움도 희망도
눈물도 괴로움도
인생길에 왔다는 보수
하늘의 뜻인가 하노라

正心(정심)

신앙은 마음의 바름이다
신앙은 양심의 돌아옴이다
신앙은 생각의 바름이요
신앙은 행동의 옳음이다

내키지 않는 심사

무궁화 나무 있고
달빛은 구름 속에서 숨바꼭질하는데
너는 무엇 때문에 내 앞에 나타났느냐
인생아 소아를 위해 사느냐
난 그렇게 말하고 싶었다

失戀(실연)

꿈마저 희망마저 앗아간 이여
나를 또 찾아왔구려
가거라 어서 내 앞에서 사라져라

또 나를 울려주려고
미아따라 연기처럼 사라졌던 이여
왜 나타났소
이 추운 밤에 무슨 꼴로 찾아왔소

붉은 장미 예쁘다고
사나운 가시로 찌를 줄 몰랐더냐
너 죽고 나 죽어
연기나 되어 없어지자

落花^(낙화)

가을바람이 불어온다
겨울을 재촉하는 금풍이
국화꽃 매만져 주던 살랑바람이
죽자사자 맺은 언약 깨뜨리고
활짝 핀 국화꽃 산란히 휘졌는다
꽃잎은 통곡한다 바람이 밉다고
발버둥치며 통곡하는 낙화여

꽃잎이 떨어진다 꽃잎이 떨어진다
밤새 내린 서리에 붉은 치마 단풍마저
길가에 떨어져 한숨 짓는다

국화꽃 다 떨어졌네 국화꽃 다 떨어졌네
가노라 가노라 꽃도 가고 잎도 간다
가기 싫은 발걸음 뒤돌아보며 가노라

흥겨운 노래

여름도 가을도
서리 흰 겨울도 가고
봄이 왔다고 이 산 저 산 모여드는 청조 쌍쌍
웃어 보자 이 봄이 가기 전에
놀아 보자 젊음이 가기 전에

나의 무엇이 그대의 마음을 흔들었는지
황량한 내 가슴에 붉은 장미 한 송이를
사막의 여행자를 불러 세우고
말할까 말까 망설이는 모습

나는 갑니다
끝없는 사막의 길을
가야만 할 운명 지긋이 말려도
나는 갑니다
바람이 불며 모래가 날아가는
사막길을 나는 가야 합니다

어느 五月(오월)에

하늘은 높고
넓은 땅 여기저기 아카시아 꽃 향기 충만하네
벌써 여름이 되려고
햇님은 빙그레 웃으며
만물에게 뜨거운 불 세례를 시작하네

푸른 잔디 푸르르고
오늘도 마셔보는 五月(오월)의 향기
산 넘어 강 건너 북한 땅에도
아카시아 꽃 향기를 있겠지
잔악한 공산당의 쇠사슬에 시달리는
굶주리고 헐벗은 내 부모형제들

나는 자유대한의 품속에서
그늘진 북녘의 동포를 그려본다
통일의 그날을 기다리며

눈 나리는 밤길의 환상들

외로이 눈 나리는 밤길
사박사박 소리 나는 오솔길을 걷는 기쁨이여
아아 허물어진 탕녀들의 귀곡성이 들린다
못 이룰 꿈이라면 잊으려고 잊으려고
그러나 설경의 안위마저 앗아가는
그대들의 부르짖음을 나는 들었노라

그 여인들의 음성은 들려도 눈은 나린다
탕녀들아 불행한 여인들아
인생의 패배자들아
괴로운 책임을 나에게만 묻지 마라
스스로 반성하여 보라

눈 눈
눈이 나린다 눈이 나려
불행한 여인들아 무서운 죄악을 너는 모르느냐

모르면 차라리
너와 나 이 은반에 쓰러져
하늘을 바라보고 크게 소리쳐 웃어 보자
그리고 죽음의 사자에게 끌려가 보자

국가 재건 국민운동 때 윤락여성을 선도하며

忘却(망각)의 길에서

이 몸이 가는 길 막는 자 뿐이로구나
이 몸이 희구하던 모든 일들을
가을날 낙엽처럼 모두 흩어졌어라
나의 꿈 희망 그것이 불타버렸다
아아 구절양장 고산준령 넘고 넘으면
탄평대로가 나올 줄 알았더니
오늘도 절벽이 내 앞에 있으니
되는 대로 살음이 어떨까 하노라

젊은 날

시간은 지나면 다시는 안 오는 것
청년이여 젊은 시간을 아껴 쓰라
젊음이 시들면 모든 것 시드니
젊음이 가기 전에 모든 것 완수하세

夫婦(부부)의 倫理(윤리)

아내여 남편이여 생각해 보소
참다운 사랑이란 무엇인가를
금생과 내생의 행복 위해서
서로를 양해하고 용서하여라
그리하면 애정은 불변하리라

悲哀(비애)

내 가슴에 이 슬픔 말할 수 없어라
슬프고 괴로운 인생길에서
눈물로 보낸 나의 이 설움
이 몸의 가슴 속은 슬픔뿐인가
저 멀리 저 산 속에 부엉이 울고
부엉아 너의 설움 무슨 연고냐
적막하고 쓸쓸한 그 산중에서
아마도 너와 나는 괴로움 때문에 울었을 거야

님의 노래

멀리
고개 넘으면 가겠지만
가시덤불에 찔릴까 봐

사흘이 멀다하고
병든 마음 어루먼져 주던 이여
냉냉한 가슴 뜨거워지는구려

어쩌면 뜨거운 약속이라도 한 것처럼
자꾸만 가슴이 울렁거립니다

오늘도
푸른 솔 우거지고
산새들 모여드는 앞산에 올라
뭉게구름 떠 있는
서쪽하늘 바라보며
미소짓는 님의 얼굴 그려봅니다

염세증

理想(이상)과 맞지 않는 現實(현실)을 등지고
저 멀리 아무도 찾을 수 없는
먼 곳으로 나 홀로 떠나렵니다
세상사 알고 보니 헛되고 헛되네
불운의 슬픔 안고 나 홀로 떠나리
나를 낳은 고향아 길이 잘 있어라

追想(추상)

고독따라 눈물따라 떠도는 이 몸
오늘 따라 한가로이 거닐고 있자니
내 마음 서글퍼짐이 웬일인가
아마도 청춘이 여물어가는가 봐
몇 번이고 부족함을 느껴보아도
가슴의 고동은 여전히 뛰네
봄이 왔는가봐도 내 봄은 아니라네

진달래 핀 산길에서

진달래 여기저기 피었네
진달래 꽃 피었네
나는 걸었네
진달래 핀 산골길을
님과 둘이서 걸었네

진달래 꽃 한 송이 꺾어 들고
나는 걸었네
님과 둘이서

여성의 갈 길

제一의 행복 속에서
제二의 행복을 갈망하는 동지여
제三의 행복을 갈망하는 동지여
지조와 자중을 가지고 살지어다
한 사람을 사랑하고 있다면
변함 없는 사랑으로 달려가거라

돛단배

順風(순풍)에는 언제나 웃음을 띄우고
하느적거리며 떠내려 가지만
폭풍에는 겁을 내고 눈물을 흘리고
마음을 걷잡지 못하고 흘러갑니다
이 모두가 인생창파 여행이라오

大望(대망)

대망 속에 살라고 하신 그 말씀
저는 마음 속에 깊이 새겼습니다
저의 꿈은 세상 여성들이 가진 꿈이 아닙니다
보다 크고 넓은 꿈입니다
꿈이 실현될 때의 저를 꼭 보아주세요

말없는 미소

녹음이 무성한 가로수 밑에서
정답게 반겨주던 그 소녀
말없이 미소짓는 그 얼굴

달 밝은 동산에서 만난 그 소녀
영롱한 눈동자로 바라보던 그 모습
버들과 같이 연약함이여
지금은 어디에 사는고

理想(이상)

한때는 조그만 이내 힘으로
온 세계를 평화롭게 만들 수 있는 것처럼
너무도 먼 곳을 바라보면서
어리석고 허무한 꿈만 꾸었다

이젠 한갓 아름다운 꿈 조각이 되어
소복이 쌓인 추억 속에 잠들고
다시는 생각도 상상도 못할 꿈
나 혼자 섯노라 그 꿈속에서

숨은 꽃

어떤 미더움이 있어
눈 먼 나체가 되어
이국이 주는 엉키어진 사랑
이국이 주는 엉키어진 이별
돌아오는 패정에 고민하는 요시애
보고리 미안하오

요시애
요시애 패정의 불을
차츰 차츰 지워버려요

破産(파산)

부모와 자식의 사랑의 윤리가 무너지고
무질서와 불평 속에 병들어 가는 나의 집
부모는 부모 할 일 제대로 못하고
자식은 자식의 할 일 못하니
고대광실 문전옥답
모래 위에 세운 누각과 같구나

높은 절벽에서

天倫(천륜)을 받들어
끝없고 한없는 수풀을 헤치고
맹수와 대망(뱀)이 두렵지 않은 듯
자꾸만 자꾸만 고산 절벽을 넘어가는 나그네

중풍병에 좋다는 약초 찾아
이 산 저 산 발길을 옮겨
한 여름 폭양에 땀을 씻으며
약초야 나오너라 불러보면서
암초가 얽힌 산마루를 넘어가는 나그네

天倫(천륜)을 받들어
약초를 찾아 헤매이는 나그네
이름 모를 높은 산봉우리 절벽에 있는
바위순을 바라보며 만족한 나그네
계곡에 흐르는 폭포수
아름다운 심산의 풍경은

나그네의 마음을 울려주는구나
서산에 기울어져가는 해는
나그네의 발걸음을 재촉하는구나

1962년 7월 13일 전주 소양면 산에서

중풍에 좋은 약 – 바위손, 아당초, 골단초, 엄나무, 쇠물막

湖畔(호반)의 追憶(추억)

동북에는 건지산의 아름다운 노송 우거지고
강가에 앉아 물 그림자 바라보며
첫사랑 순정을 바친 당신님
헤어질 때 눈물을 뿌려주던 님
열차에 오르면서도 손을 흔들어주던 님
그것이 최후의 이별인지를 몰랐소
오신다는 그대는 다시 아니 오시고
꽃피는 새봄은 다시 찾아와
그 옛날 강가에 벚꽃이 피어
청춘들 쌍쌍이 거닐고 있소
오늘도 그리운 그대 생각에
오늘도 그리운 그대 생각에
나 홀로 강변을 거닐고 있소

愛情(애정)의 眞理(진리)

젊은이여 肉情(육정)을 위하여 살지 말지어다
젊음이 가버린 낙엽 지는 그날을 아는가
후회하여도 슬퍼하여도
그대 위로할 자 없느니라

젊은이여 그대의 아내는 선한 자인가
그렇다면 그대는 축복받은 자로다

젊은이여 그대의 남편은 선한 자인가
그렇다면 그대는 행복한 아내로다

오오 아내여 남편이여
아니 공기 중에 사는 젊은이들이여
백설이 휘날리는 그날을 위하여
선한 사람이 되시오

J.D.Y.에게

그대의 정열어린 고백을 들을 때
나는 조금 괴로웠다
순결한 求愛(구애)인지는 몰라도
그것이 참다운 행복이 될지언정
나는 너를 싫어할 뿐이다

한 때의 꿈으로 이성을 동경하는
다만 그대의 가슴에 깃들인 사랑이야
그대는 나를 잊어버리고
참다운 행복을 찾아가거라

生(생)과 死(사)

그대의 사랑은 점점 짙어만 가고
나의 육신은 죽음의 사자에게 끌려가고

그대의 사랑은 점점 익어만 가고
나의 마음은 죽음의 소리를 듣는다

그대의 사랑은 점점 깊어만 가고
나의 영혼은 하늘 높이 올라만 간다

無想(무상)

흙의 전설을 믿어보고
신앙의 일념을 외우고
세상의 잡념을 잊으려고
몸부림치며 애써봐도
아아아
어쩔 수 없이 솟아오르는 아쉬움과 욕망
그리고 幻影(환영)처럼 떠오르는 얼굴들

사랑의 문 두드릴 때

서러운 풍설 속에서
그대와 미래의 행복을 속삭이면서
희망을 잃지 않고 살았지만
내 몸 병들어 죽음을 곁에 두고
나는 살고 싶었습니다

고달픈 풍설 속에서
사랑의 흐름은 누구의 장난으로
아아 고통스럽다
행복의 문 열기 전에 나는 갑니다

樂天(낙천)

산간 초옥 벽촌에서
낮에는 산새와 친구 되어
두더지처럼 흙을 파고
푸른 하늘의 하얀 뭉게구름을 머리에 이고
졸졸졸 흐르는 시냇물에 조약돌 던지고
대자연을 스승 삼아
시를 쓰고 노래 부르리
황혼에 낙조가 사라진
밤이 오면 초막의 보금자리
희마한 등잔불 밑에 앉아
인생의 깊이를 느껴보리
헛되고 한 많은 세상
누구를 보고 원망하리

黃昏(황혼)의 黙念(묵념)

한없이 쓸쓸한 오솔길을
해는 서산마루에 걸려있고
초라한 늙은이가 걸어간다
황혼의 낙조를 밟으며
낡은 옷에 구부러진 어깨가 흔들린다

젊은 시절 푸른 꿈이 나부낄 때
허랑방탕한 탕자처럼
많은 돈을 허비하였고
많은 시간을 허비하였다

돈 떨어지고 젊음이 가버리니
세상 친구 날 버리네
어리석은 발걸음에 떨어지는 눈물이
낙조와 부딪쳐 무지개가 되는구나

忍耐^(인내)

사노라면 웃을 날도 있겠지만
참을 수 없는 분노와 설움의 날도
칼날같이 신경이 날카로운 순간
심장이 터질 것만 같지만
참아야 한다 결코 참아야 한다
물론 몸부림치는 괴로움일거야
자존심이 있는 사람은

하지만
화가 날 때는
자신의 위치를 잊고
눈을 감고 철없는 유아가 되어
하나 둘 백까지 세어 본다

人生論(인생론)

행복한 사람은 얼굴에 미소를 띄우고
편히 잠들 수 있지만
그리고 남의 불행을 동정할 의욕이 생기고
삶의 의욕을 느끼고
새로운 창조력이 용솟음칠 것입니다

가장 불행한 이는 얼굴에 우수를 그리고
편히 잠들 수 없고
그리고 자기 불행에 기쁨을 모르고
원망과 불평과 저주 속에
삶의 의욕을 잃고
어두운 괴로움 속에 몸부림칠 것입니다

4월 19일의 봉화

피끓는 이십대 지성의 분노는
다만 참될 뿐이다
이 나라의 기둥이요 민주투사여
그대들의 교정에서 배운 민주교육과
지성인들의 정치사상은 진정 달랐소
오오 거룩한 피여
거룩한 희생의 영령들이여
편히 잠드소서

어느 철인의 고백

나는 누구이냐
어디서 왔느냐
어디로 가느냐
허공을 향하여 나는 외쳐보았다
대낮에 등불을 들고 다니는 소크라테스와 같이
어두운 이 세상에 밝은 등불을 켜보고 싶었다

세상은 무엇이며
삶은 무엇이며
죽음은 무엇이냐
허공을 향하여 나는 외쳐보았다
삼천리 금수강산에 심오한
철학의 꽃을 피워보고 싶었다

그러나 지금은 아내의 쇠사슬에 묶여
자식들의 쇠사슬에 묶여
한달에 80만 원의 월급쟁이
철학을 팔아먹는
부끄러운 인생이 되어버렸다

피리 부는 소녀

봄이 왔어요
산에도 들에도
우리 집 마당의 화초밭에도
새싹은 보시시 머리를 내밀고
꽃바구니에 냉이 캐러 달려가고 싶어요

봄이 왔어요
논두렁에도 밭두렁에도
향긋한 냉이를 꽃바구니에 가득 캐놓고
필릴릴리 필릴릴리
피리를 왜 부는고

봄이 왔어요
소녀의 가슴 속에도
봄이 왔어요
피리 부는 소녀의 가슴에 봄이 왔어요

背天(배천)의 열매

倭下束稅(왜하속세)　參公無任(삼공무임)

優國愛民(우국애민)　高聲言忠(고성언충)

無行假信(무행가신)　深民淚落(심민누락)

落照歎息(낙조탄식)　正對求索(정대구색)

121

하고 싶은 말

불세출의 애국자 이승만 박사여
무능한 정치가 장면 박사여
무능한 군인 장도영 장군이여
용감하고 영리한 박정희 장군이여
늙고 병든 이박사 모셔오라
박정희 장군은 원대 복귀하여라

悲運(비운)의 老公(노공)

나라를 사랑하는 마음 옥고를 불사했고
나라를 구하고 싶은 마음 태평양의 외로움을 잊고
평생을 나라사랑 민족사랑으로 보낸 이여
어쩌다 간신들의 흉계에 빠져
경무대 떠나시며 뿌리신 그 눈물
참회의 눈물이 만고에 흐르니

내가 본 우남

하나님이 내리신 애국지사
배재가 낳은 애국지사
어려서부터 애국의 정념어린 그 분
왜놈들의 흉악한 고문과 쇠사슬에도
굽히지 않고 항거하던 그 분
하나님을 사랑하고
사람을 사랑하는 마음으로 단련된 그 분

불행히 정치 무대의 패배자가 되었지만
나는 그 분의 애국심을 잘 압니다
청렴결백한 노 정치인을
흐르는 역사는 애국자로 인정할 것입니다

님의 얼굴

님이여 당신은 왜 그렇게 불행하오
나도 당신이 꿈 속에 자라기 때문에
어쩔 수 없이 불행합니다

하지만 님이여
사랑하는 님이여
당신은 너무도 불행합니다
어느 때는
오랑캐의 말발굽에 짓밟히고
아 원통하구나

님이여
괴로움과 폭풍 속의 님이여
당신의 불효자식 몇놈들은
아름답고 기름진 당신의 몸을 송두리째
왜놈들에게 팔았다오

님이여
당신은 왜 그렇도 모르고
36년간 잠자고 있었소

님이여 그때 우리 동료 흘린 눈물
새로운 한강을 만들었을지도 몰라요
님이여 왜놈들 도망갈 때
우리 동포 당신의 아름다운 몸에 태극기 꼽고
목이 터지도록 만세를 불렀다오
자주독립의 기쁨을 안고
이 모두가 하나님의 은혜지요

님이여 사랑하는 님이여
폭풍은 또 불어오는군요
몰지각한 당신의 아들 김일성 도당들
자유와 평화를 말살하는

붉은 이리의 앞잡이가 되어
아아
어쩌면 좋아
부모형제를 푹탄과 총칼로 살벌하고
한강과 낙동강을 피로 물들였네

님이여
불행한 님이여
평화의 불사조의 도움으로
붉은 이리 저만치 몰아냈지만
당신의 몸은 남과 북으로 갈라져
두동강 나고 말았습니다
지금도 독사와 같이 충혈된 눈으로
호시탐탐 때를 노리고 있습니다

님이여
불행한 님이여
당신의 어리석은 아들 자유당은
전쟁의 시름도 잊기 전에
독재와 부정으로 감투싸움 웬말인가

님이여
사랑하는 님이여

지성의 분노는 폭발하여
독재의 아성을 무너뜨렸다오

님이여
부정한 一号(일호)독재 물러나니
우유부단 무능정치 민주당 정권
며칠이 못되어 무너지고
5.16 군사혁명 불러들여
더 무서운 군사정치 발붙이게 되었소
이 땅 위에 민주주의는 언제나 이뤄질까
그리고 언제 남북이 통일된다는 말이냐

임인년의 讚歌(찬가)

임인년에는 행복하게 살아 봄이
누구에게도 혁명과업 완수와 함께
눈물도 한숨도
우리가 생각할 바 아니라고

임인년에는
거짓과 허영에서 벗어나
진실한 희망속에서
고달프겠지만
내일의 행복을 위해서는
눈물도 한숨도
우리가 생각할 바 아니라고
그리하여
행운의 승전탑을 쌓아보세

성탄절의 속죄

신축년은 어쩌면 지루하면서도
형언할 수 없는
그 무엇처럼 빨리
눈물과 웃음의 여운을 남겨놓은 채
나의 커다란 희망마저 앗아갔지만

이제 거룩한 성탄일이 왔나봐요
나도 그대로
공상과 잡념 속에서 풀려나와
예수님의 오심을 진심으로 환영합시다

어서 죄악의 병균으로 썩어가는 몸일지라도
나도 그대도 우리의 영혼의 의사 메시아에게
영혼과 마음을 치료받읍시다
아주 거룩한 이 순간에
모든 죄악을 땅속 깊이 묻읍시다

아니 예수님의 피로 씻어버립시다
그때는 우리 모두
영원히 행복하겠지요

주님께 받은 은혜

安息處(안식처)

어디에 있을까
세상의 안식처
아무리 찾아보아도 없었건만
쓸쓸한 가을 새벽
달빛은 환히 나의 창문을 비춰주고
내 잠을 깨어 헝클어진 마음 달래 보려고
사색에 잠겼었노라니
땡그랑 때그랑
어느 곳에서인지
방향조차 알 수 없는 교회당의 종소리
순간 가슴에 스며드는 이상스런 촉감
주여 부르셨나이까
안식처
영원한 나의 안식처
하나님이여 내 마음에 신앙의 뿌리를 주소서
주여 영혼에 안식을 주소서

祭壇(제단)에 머리 숙여

주여 허락하시면
고통을 참고 말씀드리겠어요
주여 보셨나요
달밝은 밤길을 뚫고 달려가
어머니 무덤에서 눈물짓는 소녀를
그리고 뒤돌아보며 한숨짓는 그림자를 보셨겠죠
슬픔도 기쁨도 정말 운명입니까

예전에는 당신을 믿는 사람들을 비웃고
불행을 안겨준 당신을 원망했습니다
하지만
지금은 당신을 원망하지 않습니다

당신은 나를 용서하여 주시지 않겠습니까
주여 용서하소서
죄악에 병든 몸, 눈에는 메마른 눈물 머금고
힘 빠진 손에는 집요한 죄악의 뭉치를 들고

당신에게 용서를 빌려고 왔어요
동방이 트기 전에 천국문을 열어 주소서
동이 트기 전에 마음 문을 열어주소서

종은 울려도

교회당의 그윽한 종은 울려도
주님께서 부르시는 음성이 들려도
나는 가지를 못하고 있어요

교회당의 그윽한 종이 울릴 때
나는 마음속으로 기도합니다
주님이 찾아 주시기를 기도합니다

낙원 찾아

잃어버린 고향 찾아
날마다 괴로운 길을 찾아갑니다
주님의 십자가는
낙원을 찾아가는 길입니다
육천 리 낙원길 하도 멀어서
주님의 피를 마시고
주님의 살을 먹고
이 길이 참 구원의 길이기에
이 진리가 참 진리이기에
이 생명이 참 생명이기에
고산절벽 성난 파도 겁내지 않고
이 길만을 걸어가리다

새해에는 새출발

사랑하는 하나님이시어
우리 민족을 돌아보소서
과거는 슬펐더라도
현재를 깨우쳐 주소서

사랑하는 하나님이시여
우리 민족은 주님의 것이오니
신령한 은혜를 흡족히 내려주소서
황무지와 모래사장을 개척할 수 있는
새로운 힘과 능력을 내려주소서
과거는 죄악과 무지 속에 살았더라도
지금은 주님의 은혜를 사모하오니
마음에 혁명을 주시고
진노의 채찍을
사랑의 축복으로 바꿔주소서

聖靈(성령)의 保惠師(보혜사)를 처음 만날 때

나는 슬픈 사람이외다

그 이유는 말할 수 없도다

아무튼 나는 괴로움의 노예였어요

냉전과 폭전의 틈바구니에서

나는 참된 길을 찾기 위하여

몇날을 생각해 보았다오

그러나 모든 것이 무상하다는 것을 알았어요

공자님의 인애도

석가님의 자비도

소크라테스의 철학(진선미)도

나를 괴로움에서 건져내지 못했어요

나는 정처 없이 헤매었어요

울면서 한숨 쉬며

넘어지고 뒹굴며

진리를 외치는 저 탁상공론가들의

허황한 마음을

나는 휘졌고 싶어요

사람에게 진리는 없습니다
있다면 감정이 있을 뿐
나는 지쳤소
날로 날로 험악해지는 내 마음이여
오오 어찌하리까
이제는 슬픔도 눈물도 없어졌소
될대로 되라
아니 운명아 날 살려달라 외쳤을 뿐
썩어질 대로 썩어진 몸과 마음을
운명에게 맡겼을 뿐입니다

그런 어느날
어느 한날
벙어리가 예수 믿고 말을 했대요
여기서 나는 예수님을 찾고 싶었소
원수를 사랑하라고 하신 인격의 예수님을
예수님의 복된 말씀이

내 마음을 감동시켜
영생의 길을 보여주셨습니다
회개할 마음도
믿어지는 믿음도
성령의 불 세례도
방언도
환상도
오오 감격과 감사의 찬송을 드린 날이여
영원히 영원히 잊을 수 없는
복되고 복된 날이여

1962년 9월 12일 4:45

恩惠(은혜)의 時間(시간)

구하면 주신다는 주님의 말씀을
나는 진정 믿었습니다
몇날을 먹는 것도 잠자는 것도 잊어버리고
사랑의 화신 예수님을 꼭 찾으려고
내 죄를 주님께 고백하였소

믿는 자에게 능치못함이 없다는 그 말씀
나는 진정 믿었어요
진실로 간구할 때에
주님은 내 죄를 속량하셨습니다

성전의 창가에 찬바람 불어도
내 몸은 불덩이 되어
한없이 한없이 울었습니다
감사와 찬송으로
눈물과 기도로
한없이 울었습니다

孤獨(고독)한 幸福(행복)

예수님의 사랑의 품에 안겨
세상근심 벗고 보니
사랑하던 친구들 날 버리네

죄악의 짐 벗고 보니
온 세상 나를 버리네
온 세상 나를 버려도
예수님의 품에 안겨
날마다 새 사람 되니
내 마음 속에 천국이 찾아오네
오오 할렐루야 아멘

이 땅 위에서 고독하여도
내 소망은 천국에 있네
우리 주님 구름 타고
영광 중에 오실 때
오오 할렐루야 찬송하리로다

전주 신상교회에서

나운몽 장로님의 설교를 들을 때
기드온 300명 용사의
애국적인 감동의 말씀 들을 때
내 마음 이 민족을 위해
제물이 되고 싶었네
나도 기드온 300명 용사의 대열에서
진리의 봉화를 들고
진리의 생명 나팔 불며
가슴에 생명탄 안고서
앞으로 전진하고 싶다

慶祝聖誕(경축성탄)

我認在天(아인재천)　神尊禮讚(신존예찬)

獨生聖子(독생성자)　誕生慶祝(탄생경축)

人間罪惡(인간죄악)　架血贖良(가혈속량)

全國祭壇(전국제단)　燭火禮拜(촉화예배)

萬歲萬歲(만세만세)　獨生聖者(독생성자)

師士峰^(사사봉)이 나를 부른다

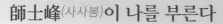

은혜 중에 기도할 때
용문산 사사봉이 날 부른다
세상에 얽매일 때는
부귀공명이 날 부른다

불행한 사람

황금으로도 메꿀 수 없는 이 설움이여
무엇으로도 채울 수 없는 이 허공의 세계
어버이여 어드메로 가시었소

사랑아 너마저 나를 울려주니
나의 제2의 희망이여
오오 사랑아 너마저 그렇구나

천애 고아의 혈손아
이 부모의 심정을 몰라주는구나
마지막 황혼의 희망마저

하나님이여 버림받은 이 육신
어디에 몸둘 바를 모르겠구려
하나님이여 이 쓴잔을 거두어주소서

나의 고향이여 안녕

철없는 고아를
고이 길러준 그대여
그대는 진정
나의 아름다운 요람이야

세상 친구 나를 멸시해도
그대만은 날 사랑하였네
사랑하는 그대의 곁을
떠나기란 슬픈 일이야
그러나
나는 나를 사랑하기 때문에
따뜻한 그대의 품속을 떠나
고행의 길을 떠나려 하오

요람이여
나를 길러준 요람이여

나는 하나님의 뜻에 따라
다시 새로운 요람을 찾아가노라

사랑하는 요람이여
잘 있으라 영원히
잘 있으라

찾은 양

나는 너를 찾고 싶었다
어떤 호기심인지 몰라도
진정 찾고 싶었다
그러나 나는 너를 찾고
너의 마음을 붙들어

한때는 나를 찾기 위해
많은 세월을 소비했다
이제는 모든 실마리를 찾고야 말았어

이제 우리는
발을 맞추어 敬天歌(경천가)를 불러 보자

恩惠(은혜)의 同志(동지)에게

주님의 은혜가 있기를 원하노라
천국길의 동반자여
영원한 주의 종이여
나는 그대의 팔복자임을 믿노라
사랑스런 기도의 용사여
지상 교회의 샛별이여
그대는 주님의 십자가의 계승자가 되라
나는 축원하노라
그대에게
주님의 은총이 있기를 원하노라

落鳥(낙조)의 메아리

한적한 어느 산중에
한적한 어느 산중에
평화스런 어느 산중에
나무 위의 둥우리에
어미새와 새끼새들이
평화스럽게 노래하였어요
따뜻한 보금자리 있었대요

웬일입니까 웬일입니까
심술 궂은 저 포수의 총탄은
어미새를 잡아갔대요

어찌할까 어찌할까
날개도 자라지 않은 어린새
어미 찾아 울부짖다가
높은 둥지에서 떨어졌대요
그런데 목숨을 살았는지

가시덤불 속에서
어미 찾아 이리 뒹굴며 저리 뒹굴며
울부짖는 모습

가도가도 가시덤불
목메어 불러도 찾을 길 없어라

詩想(시상)을 찾아 산길을 거니는
詩人(시인)은 가시덤불 속의 어린새를
살며시 가슴에 안고
하나님께 축원하노라

이 생명 불쌍히 여기소서
어미새를 잃은 어린새
이제는
아가페의 보호 속에서
잃어버린 웃음을 다시 찾겠지요

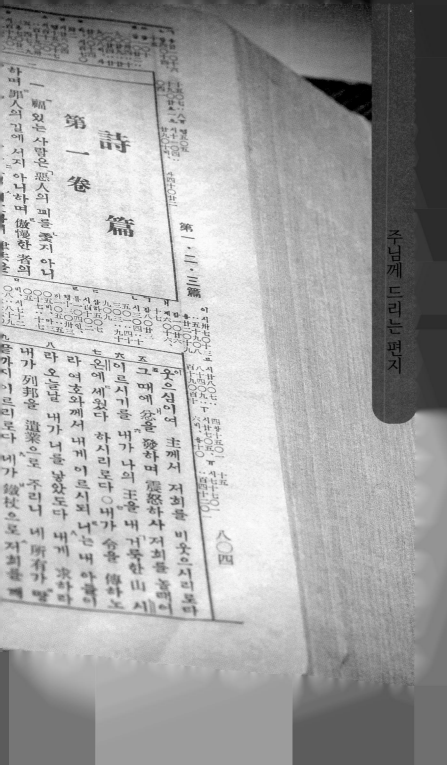

詩篇

第一卷

第一·二·三篇

一 福 있는 사람은 惡人의 피를 좇지 아니하며 罪人의 길에 서지 아니하며 傲慢한 者의

八〇四

웃으심이여 主께서 저희를 비웃으시리로다

그때에 忿을 發하며 震怒하사 저희를 놀래어

이르시기를 내가 나의 王을 내 거룩한 山 시온에 세웠다 하시리로다 ○ 내가 傳旨를

온에 세웠다

내게 이르시되 너는 내 아들이라 오늘날 내가 너를 낳았도다

내게 求하라 내가 列邦을 遺業으로 주리니 네 所有가

네가 鐵杖으로 저희를 깨

주님께 드리는 기도

거룩하신 여호와여
찬송과 기도로 감사하나이다
겉으로 보기에는 초라하고 보잘 것 없지만
말세에는 약자를 들어 강자를 부끄럽히는
자비하시고 공의로우신 나의 하나님이여
더러운 죄값으로 죽어야 마땅한 이 죄인을
죄악의 무리 가운데서 먼저 택하여
용서하여 주시옵고
성령으로 날마다 인도하시고
주의 종으로 쓰시기 위하여
능력으로 주님께서 친히 안수하여 주시고
사명 주심에 아멘 하옵니다

주여 영원히 사랑하옵는 주 예수여
이 죄인 주님의
자녀 된 것을 감사하나이다

주여 이 죄인 주님의 은혜에
만분의 일이라도 보답하고자
주님의 부르심에 응하나이다
약하고 무지한 이 죄인
주님만 의지하고
물불을 가리지 않고
땅끝까지 주님의 증인이 되겠나이다

권능과 사랑의 주님이시여
솔로몬에게 주신 지혜를 주시옵소서
바울 사도의 신앙을 주시옵소서

구하는 자의 하나님이시여
민족을 위하여 가정을 위하여
기도하지 않는 범죄를 범하지 않게 하옵소서
신령한 말씀을 신령으로 깨닫게 하시고
전하지 않으면 못견딜 심정을 주옵소서

자신을 쳐서 복종케 하시고
주님을 기쁘게 해드리는 생활 하게 하옵소서
받은 은혜 영원히 간직하게 하시고
날마다 예수 그리스도가 내 마음속에 임하시고
핍박과 고난과 궁핍을 이길 능력 주시고
주님의 영광을 위하여 제물되게 하소서
내 주여 뜻대로 하옵소서

추풍령 고갯길

그 무엇을 구하려고
부모형제의 품속을 떠나
험산준령을 넘어야 할까
내 집에 있으면 평안할 것을
아니라오 아니라오
나는 육체의 행복보다도
더욱 그리운 것이 있다오
오직 예수의 사랑
속된 사람이 알지 못하는
자비하고 한없는 신비로운 사랑

추풍령 고갯길
넘어지고 쓰러지며 걸어가는 길손
바위에 부딪히고 가시에 찔려도
기쁨으로 찬송하며 걸어갑니다
황금을 구하러
험산을 넘으라면 나는 싫다고 하겠네

오직 주의 사랑 얻기 위해
과거의 모든 죄악을 걸머지고
문을 두드리려고 옵니다
주여 사랑의 문을 열어 주소서
죄인중의 괴수일지라도
주님의 한없이 넓은 사랑에
나의 육과 영을 바치오니
예수 내 구주여 열납하소서

여호와여 예수 나의 구주여
이 발걸음이 뒤돌아보지 말게 하소서
영원히 사랑하는 주를 위하여
이 나라 이 민족을 위하야
화목제 드리는
번제물로 바치게 하옵소서

추풍령에서 이십 리 길을 걸어 용문산 기도원 가는 길에

삼선봉 민족제단은 한국의 소망

1. 거룩한 하나님께 날마다 기도합니다
   빛나는 십자가 앞에 날마다 기도합니다

후렴
내 민족 사랑하사 눈물제단 허락하신
구주의 은혜를 날마다 감사합니다

2. 저 높은 삼선제단은 한국의 참소망이요
   용문산 삼선제단은 여원히 불변합니다

3. 어둡고 괴로운 세상 내 민족 어이 살리까
   구원의 주의 손길 날마다 기다립니다

4. 옛날에 단군임금이 쌓아오던 태백제단
   용문산 삼선제단에 기도의 향불이 되었네

5. 모세의 두 손 든 기도 이스라엘 참소망이요
   삼선봉 민족제단은 한국의 참소망일세

6. 하나님이 친히 약속하던 동방의 빛난 샛별은
   한국의 셈의 자손 빛나는 면류관일세

구국기도 기념

하늘을 지붕 삼고

내가 마음 속 깊이 호소하는 것은
천지가 무너지는 한이 있을지라도
나의 작은 신앙 고이 길러
주님이 영광 중에 오시는 그날에
성령 충만한 가운데 주님을 영접하게 하옵소서
이름 모를 새들만이 지저귀고
사사봉의 우뚝 솟은 바위에 의지하여
굶주린 창자를 부여안고
오늘도 안타까이 부르짖으오

맹호라도 나올 듯한 우거진 숲속에
무릎 모아 주님께 바치는 번제물
만복의 근원이신 주여
향기로운 제물이 되게 하옵소서
사랑과 자비가 많으신 하나님
이 속된 제물을 열납하소서

사사봉에서 금식기도하며

전원의 강변에서

믿음의 상승을 따라
믿음의 상승을 따라
속가의 욕망을 등지고
용문산 계곡의 그늘에 묻혀
기도와 찬송 속에 살고 싶어
연약한 발걸음 옮겼지만
아아 내가 왜 이럴까

믿음의 전락을 따라
속가의 전원에 되돌아오고
주님 떠난 텅빈 마음 부여 안고
강변을 나 혼자 걸었네
외로움에 아쉬운 슬픈 마음이여
저속한 음파의 멜로디만이
전원의 바람 타고 들려오누나

믿음의 그리움 따라
주님의 사랑이 그리워
안타까운 내 마음 울고 있는데
음파의 구슬픈 멜로디만이
회고의 파도 너머로 흘러만 간다

回想(회상)

용문산 은혜 동산을 등지고
속세로 떠나와 생각하니
고생을 하고 배고픈 옛일
웬일인지 다시금 그리워만 지는구나
용문산 그 이름 잊으려고 잊으려고
몇 번인가 다짐해 봐도
그리움만 마음속에 떠오른다
성령충만한 그 동산
스승님의 불타는 애국심
그것이 내 마음에 그리움이 되어라

誓願(서원)

罪惡貴盈(죄악귀영)

得罪我己(득죄아기)

求主架血(구주가혈)

聖靈來心(성령래심)

恩惠感謝(은혜감사)

一片丹心(일편단심)

爲主一生(위주일생)

時調(시조)

용문산 사사봉 초암에 꿇어앉아
밤 새워 이슬 맞아 새우잠 자면서
주여 주여 부르짖음 애처럽기도 하여라

교만하던 영웅호걸 사라진 오늘
죽어간 그 영혼을 역사는 조롱하네
슬프도다 인간 생애 백골이 영웅이랴

내 죄 땜에 우리 주님 십자가에 달리셔
아프고 쓰라린 고통을 참고 가셨네
주님은 다시 부활하셨네 할렐루야

약수터에 홀로 앉아 우리 주님 생각하니
뜨거운 눈물만이 하염없이 흐르네
영문밖 고난의 길 나도 따라 가리라

갈대 보고 비웃는 젊은이 마음
순풍에 방긋 웃는 꽃송이 보고
꺾어갈까 뽑아갈까 이상도 하여라

웃어볼까 울어볼까 요동치는 마음
행복을 노래하는 잡은 소매 뿌리치고
내 갈 길 십자가를 따라가는 그길이랴

가야산 가야봉에 담초낀 기와집
아름드리 고루거각 옛가야 궁궐
비바람 눈보라가 무너뜨렸는가 하노라

인심 박한 성주 땅에 내 어이 왔는가
호호방문 복음소리 들려주어도
쓰다 달다 말도 없는 목석같은 성주땅이로다

낮아지고 낮아져서 먼길을 걸어서
날 보고 칭찬하던 그 옛날 벗님들은
미쳤다고 하면서 안타까워 하노라

永生(영생)으로 가는길

1. 나의 구주이신 예수님의 십자가 은혜 감사하여
   속된 세상의 부귀공명 분토같이 버렸네

   후렴
   예수님 나를 사랑하니 성령이 나와 같이하네
   나 사는 동안 변함 없이 내 주 예수를 섬기겠네

2. 청춘의 희망 버리고서 기도원에 올라와
   녹슬은 나의 인간성을 말씀으로 다 씻었네

3. 방방곡곡 다니면서 복음을 전할 때에
   굶주리고 피곤해도 기도로써 승리했네

4. 성령이 나와 동행하니 내 마음 항상 기쁘도다
   불안과 번민 간 곳 없고 내 마음 항상 즐겁도다

메시아상

오오 당신은 완전한 사랑
저는 죄인 괴수 중의 괴수입니다

저는 죄악의 멍에를 끌고 다녔는데
당신께서 고난의 십자가를 지고 부활하신 뒤에
비로소 고통의 멍에를 벗게 되었어요

당신의 광체 나는 눈길이 내 마음 비출 때
당신의 성령의 보혜사는
저를 포근히 재워주시고

오오 당신은 완전한 사랑
고요한 미명의 시간 광채의 얼굴이
당신의 피묻은 손길이 내 머리 어루만질 때
감격의 눈물이 한없이 흘렀어요

저는 믿습니다
후일 천국 영광의 면류관을
저를 심히 사랑한다고 하신 말씀을
마음에 새겨 나의 십자가를 지고
주님의 뒤를 따르렵니다
성령의 보혜사와 함께

가을 산의 비경

내 어이 여기 왔노
그 누구 나를 이 계곡에 불러주었노

하늘은 높고 푸르러
흰구름 정처없이
계곡의 푸른 나무들이
붉은 치마 노랑 저고리 갈아입고
해지는 석양에
달맞이 가자 노래 부르네

그러나 가지 않을테야
예전에는 달빛으로 친구를 삼았지만
이제는 모두 잊어야 할 운명이다

나를 이 계곡에 불러준
메시아에게 순종하고 싶은 것 뿐이야
그러나 내가 여기 올 때는

메시아가 나의 친구였는데
지금은 메시아마저 나를 버리고
아니야 달빛을 바라보다가 내가 잃어버렸어

아아 나는 고독하다
달빛도 메시아도 내 곁을 떠났구나
나는 어디로 갈까
메시아를 찾아 가야지
죽도록 죽도록 쓰러지고 넘어져도
잃어버린 친구 메시아를 찾아 가야지

불국사 여행

오오 장엄한 전경이여
이천 년 전 옛 조상들의 지혜로운 손길이여
종교심에 불타올랐던 아름다운 열정이여
음산한 수목들의 우거짐이여
서라벌의 찬란한 예술이여라
삭풍따라 불국사에 발걸음을 옮긴
이 나그네는 회고의 눈시울 적시네

저녁 소제 예고하는 종소리를
아니 종치는 어린 소승의 처량한 모습이
외로운 나그네의 마음을 찢어 놓았네

대웅전의 문은 열리고
대승 소승 하나둘 열을 지어
말없는 부처 앞에 향을 피우고
절하면서 목탁소리에 맞추어
중언부언 염불 외우는 오오 어리석은 정성이여

불쌍한 영혼들이여
감천이 있을소냐
천지의 대주제이신 하나님이시여
만민의 죄를 대속하신 메시아시여
저들의 어리석은 마음을
참을 찾으려고 발버둥치는 마음을
주님 앞으로 돌리게 하옵소서

비오는 불국사의 밤

함박눈이 펄펄 날려야 할 겨울
웬일인지 기다리는 눈은 아니 오고
보슬비만 보슬보슬 내리는구나
창가에 뚝뚝 떨어지는 낙숫물만이
어두운 계곡의 적막을 울리며
그 옛날 신라의 황금시대 문화를
회고하며 흐르는 눈물이어라
진정 나그네의 심정을
표현하는 아름다움을 띤
슬픈 눈물이여

포항의 해변에서

바다를 그리는 기쁨에 넘치는 마음
보고픔에 설레며 요동치는 심장의 고동소리
뼈만 남은 겨울 산맥들의 옹위 아래
아담하게 자리잡은 포항시의 전경이여
그리운 마음이 달음질치는 바람에
어즐비한 저자의 틈바구니를 벗어나
파도치는 해변의 백사장을 걸어봄이여
끝없는 바다 가운데로 오가는 함선들
구름과 바다 사이를 아른거리는 산들
폐허에 썩어가는 부둣가의 어선들
황혼 낙조 그림자의 아름다움이여

島圓(도원)을 그리며

도원 보고파요
예수 그리스도의 사랑이
내 마음 어루만질 때
나는 그때부터 도원을 그리워했소
아니 도원을 진정으로 사랑하오

도원 보고파요
어느 누가 이 사랑을 끊으리오
지금쯤 도원을 나를 기다리며
눈물을 흘리겠지요

도원 보고파요
그리움은 지금도 달려가고 있소
조금만 더 기다려 주오
내 마음에 그리스토의 義(의)가 이루어질 때
나는 도원을 찾아가리다

나는 바람이외다

나는 바람이외다
나는 가을 바람이외다
보이는 것 같으나 안 보이는
안 보이는 것 같으나 보이는

나는 바람이외다
나는 가을 바람이외다
구름을 사랑하다가
땅들의 슬픔을 바라보다가
나는 한없이 울었어요

나는 바람이외다
나는 가을 바람이외다
기쁜 것 같으나 슬픈
슬픈 것 같으나 기쁜
나는 주님을 원망했어요
그러나 주님을 진정 사랑합니다

서원 2

하나님이시여 나를 도우소서
당신의 마음과
나의 마음이
하나되게 하옵소서
그리고
사람의 마음과
사람의 마음이
하나가 되어지게 하옵소서

행복한 포로생활

나는 포로입니다
그리스도의 사랑의 포로입니다

나는 행복한 사람이외다
주님의 사랑을 받기에

나는 고달픈 사람이외다
주님의 명령을 지켜야 하기에
주님의 명령을 지켜야 하기에

아침에 기도할 때 주님의 사랑을 받으며
일할 때는 십자가를 져야 하기에
그러나 나는 연약하외다
나는 용기를 잃었어요
오오 그 누가 나의 용기를 앗아갔을까

주님을 향하여 불타오르는 정열

나는 그 정열을 잃어버렸어요

그러기에 나는 슬픈 사람이외다

주님의 뒤를 따르겠다고

세상 부귀공명 분토같이 버렸건만

빛을 바라보고 따라가다가

빛을 바라보고 따라가다가

검은 구름이 빛을 가릴 때
그때 빛을 잃어버렸어요
빛을 잃은 허전한 마음이여

주님 내 죄가 구름이 되었나이다
내 십자가를 벗어버리고 달아나려다
내 마음 괴로워졌나이다
주님 떠난 텅빈 마음
지금도 첫사랑 언약을 믿어요
내가 너를 사랑하노라
그 말씀에 포로가 되어 발버둥칩니다
나를 괴롭히는 이 검은 구름을
주님만이 벗겨주실 것을 믿습니다

주님 나는 행복한 포로입니다
주님 나는 행복한 포로입니다

강원도 길

열차에 앉아서 강원도 길 가자니
병풍친 높은 산이 우뚝우뚝 솟았네
흰눈이 소리 없이 소복히 쌓여
푸른 산에 흰꽃이 활짝 피어
높은 산을 아름답게 꾸며 놓았네
터널 지나고 산을 지날 때
산밑 외딴 집 굴뚝에는
저녁밥 짓는 연기가 무럭무럭 나네요
조밥아 감자밥아 옥수수밥아
강원도 두메산골의 고량진미라네

가다 가다 십리 가야 집 한 채 있는데
눈 속에 묻혀 있는 집속에서는
강아지가 멍멍멍 누굴 보고 짖느냐

민들레 핀 시냇가에서

주님 가신 고난의 길 나도 따라 가고파
주님 가신 고난의 길 나도 따라 가고파
경상남도 함안땅에 복음 들고 와서 보니
영접하는 이 하나도 없어라

낯 설고 물 설어 이리저리 헤매다가
아픈 다리 절며 절며 시냇가에 앉아
시냇가의 잔디 위에 쉬어 가노라

언덕가에 시냇물 졸졸졸 노래 부르고
앞산 소나무 가지에 까치가 까악까악
주의 종이 왔다고 찬양하는구나
조약돌 하나 들어 시냇물에 던져
나그네의 시름을 풀고자 할 때
갈가에 민들레 방긋 웃으며 나를 반겨주네

민들레 하고 나는 불러 보았다
그리고 나는 민들레에게 이렇게 속삭였다
민들레 나는 너의 인내력을 찬양하노라

길가에 핀 이름없는 꽃이라고
오가는 나그네 발길에 지리밟혀도
슬퍼하지도 낙망하지도 아니하고
굳건히 일어서는 그 억센 힘
여기서 나는 억세게 살아 보고 싶어졌다

나는 슬픈 다이나마이트

어디로 향하여 외쳐볼까
회정의 열차를 타고
파도 넘어 피안의 언덕에
슬픔을 띤 쭈그러진 얼굴에게

나는 슬픈 다이나마이트
내 마음은 바다 건너 파도 넘어
해조가 가물거리는 황홀한 언덕에
한숨 띤 쭈그러진 얼굴을 향하여
내 앞의 높은 산과 가시덤불이
내 앞에는 벼랑에 부딪치는 파도가
나의 갈 길을 가로막는도다

나는 슬픈 다이나마이트
처음도 슬픔이요 나중도 슬픔이외다
언제나 뾰족한 생각속에서
진리의 보혜사 성령이 주시는

무거운 신공위성을 타고
어느 하늘에 슬픔을 띤
슬픔이 가득찬 나의 젊음을
폭발시켜 보리라
산산히 흩어져야 할
슬픈 다이나마이트
메시아의 도력의 왕국
개국공신들만이
승전고를 울려야 할
아름다운 별들의 틈 바구니에서
슬픔과 괴로움이 가득찬 나의 젊음을
하늘을 향하여 땅을 향하여
폭발시키고 한 걸음 한 걸음
소리없이 걸어가
주님의 품이 안기리라
주님의 품에 안겨 한없이 울어보리라

망가의 뒤안길에서

나는 밤새도록 울었다 한없이
백설이 휘날리는 내 마음에
서리마저 또 내려 힘없이 맥없이
잔디에 주저앉아 하늘을 쳐다보며
망가의 한을 풀길이 없어 한숨 쉬노라

나는 밤새도록 울었다
반가운 그림자를 찾을 길 없어
이제는 모두 잊어버려야지
서리맞은 내 마음 달래가면서
집안을 망하게 한 형제들
원망해 봐도 아무 소용 없다

슬픈 찬가

부모도 형제도 사랑도
아무런 미움도 아픔도 없이 버리고
산자수명한 계곡을 찾아
몸을 닦고 마음을 닦아
그리스도의 왕국을 건설하기 위하여
십자가의 군병이 되었건만
내 마음에 잡초를 누가 심어 놓았나

주여! 영생의 말씀이 주께 있사오니
내가 뉘게로 가오리까

애원

주님! 당신의 도대체 어떤 분이십니까
다시 나에게 그것을 가르쳐 주소서
주님! 나는 도대체 어떤 사람입니까
다시 나에게 그것을 가르쳐 주소서
주님! 당신은 창조주 나는 피조물
무조건 순종하고 따라야죠
주님! 나는 당신을 따를 수 있는
아무런 힘이 없습니다
그러나 일곱 번 넘어져도
여덟 번째 일어선다지요
주님! 나를 붙들어 일으켜 주옵소서
당신에 새로운 힘을 주시지 않는다면
나는 일어설 수 없는 줄
나는 알았나이다

여름날 전도 여행

사탄의 발 아래 신음하면서
불의의 병기노릇하던 그 시절도
어느덧 나에겐 과거사요

이제는 예수 그리스도의 십자가 공로로
죄와 사망의 권세를 박차버리고
주님의 뒤를 쫓겠나이다

익은 곡식 거둘 자를 부르는 주님의 음성을
나는 연약하지만
주님의 종으로 써 주심을 감사하나이다

햇볕에 이글이글 타오르며 바람 한 점 없는
숨막히는 산골길을 터벅터벅 걸어가면서
복음을 전합니다
수십리 길 하루 종일 걸어가며
복음 전하면 발이 퉁퉁 부어올라

발병 나 쉬어가자 합니다

칠전팔기 주님의 십자가를 생각하며
뜨거운 햇볕을 등에 지고
아픈 다리 이끌며 걸어갑니다
가도가도 끝없는 전라도 산길
걸어가노라면 햇님은 석양에

주님의 나의 선한 목자

여름날 하늘 아래 녹음이 무성한 길에
꼬불꼬불 산골길을 돌고 돕니다
심산계곡 아무도 없는 암초 낀 동굴
나는 여기서 주님을 마음껏 부르렵니다
다윗을 푸른 초장으로 인도하신 주님
나를 아름다운 동산에 부르셨나이다
교만의 급행열차에 지리밟힌 상처 입은 몸
쓰라린 상처 매만지며 주께 부르짖나이다
주님이시여 주님이시여 목이 터지도록
불러보아도 한없이 불러보고 싶습니다
나의 상처를 어루만져 주시는 주님이시여
내가 주님의 사랑을 다시 깨달았나이다
주님이시여 이제는 영원히 나를 붙들어 주시고
주님의 십자가 사랑을
내 마음에 이루어주실 줄 믿습니다

1964년 7월 12일

절망이라는 병과 소망이라는 약

절망은 왜 병일까
소망은 왜 약일까
육체의 욕심에서 오는 절망
정신의 욕심에서 오는 절망
죽음을 두려워하는 마음
영원을 사모하는 마음
현실은 냉혹하다
이상은 아름답다

나의 육체는 고산절벽 낭떠러지에 서있다
이래서 나는 절망이라는 병에 걸렸다

나의 정신은 천국 영광의 세계에 걷고 있다
이래서 나는 소망이라는 약을 먹고 산다

나의 육체는 현실속을 살고 있다
내가 살고 있는 현 주소는

아담과 이브를 농락하던 사탄의 고향
나는 지금도 사탄의 유혹을 받고 산다
그러나 그리스도의 십자가 보혈은
내 본향 에덴동산의 닫힌 문을 열어주셨다

나는 걸어간다 에덴을 향하여
갈보리산 십자가 고개턱 넘어
바라보는 영생도 저 나라를 향하여
넘어지며 쓰러져도 다시 힘을 내어
십자가란 고개턱 너머 보이는 에덴동산
선악과를 버리고 생명과를 따먹기 위하여
나는 주님의 따뜻한 품을 향하여
한 걸음 한 걸음 가는 것이외다

빛을 잃은 어느 별에게

별아 너는 기어코 빛을 잃고 말았구나
어쩌면 그렇게 약한 존재였더냐

하늘 끝까지 높아지려던 계명성은
하나님의 노하심으로 떨어지고 말았지만
너는 절망의 오솔길에서
하나님의 사랑의 빛을 바라보고 따라가던 작은 별!
별아 너는 기어코 떨어지고 말았구나
아담과 이브를 농락하던 옛 뱀은
아니 이브의 마음 속에 도사리고 있는 저주의 영은
기어코 너의 면류관을 앗아가고 말았구나

별아 너는 기어코 떨어지고 말았구나
옛 뱀이 미혹할 때 왜 십자가를 보지 않았느냐

별아 너 떨어지던 날 천지는 빛을 잃었단다
그리고 주님은 무척이나 무척이나 슬퍼했단다

별아 깨어진 별아
네가 비록 깨어졌다 할지라도
어두운 그림자를 따라가선 안 된다
그 길은 마귀가 들끓고 있는 지옥길이란다
다시 일그러진 얼굴을 들고 앞을 보라
진정으로 회개하고 자복하는 자에게
일곱 번씩 일흔 번이라도 용서하시는
사람의 예수님 오늘도 너를 위하여
십자가를 지시고 너를 기다리신다
별아 빛을 잃은 별아 슬픈 별아
주님은 너의 붉은 죄를
눈과 같이 희게 씻었단다
이제 강하고 담대하라
법궤를 메고 벳세메스로 달리던 암소
죽도록 충성하는 암소를 본받으라

나는 시인이 아니외다

나는 시인이 아니외다
슬픔을 노래하는 시인은 아니외다
그리스도를 노래하는 하늘 가는 나그네외다
슬픔과 죄악이 가득찬 세상을 바라보시던
그리스도는 하늘에서 사랑의 줄 타고
구원과 안식을 주시려고 오셨나이다

나는 그리스도를 구주로 믿었습니다
그리고 그리스도의 사랑을 노래하고
절망 속에서 슬픔을 띤 얼굴들에게
그리스도의 사랑을 전해주고 싶었습니다

그러나 때 아닌 폭풍은 세차게 불어와
나의 배는 파선되고 말았습니다
산산이 깨어진 중에
십자가란 나무조각을 타고
어디론지 흘러만 가고 싶습니다

머리에서 발바닥까지 성한 곳이 없이
상하고 터진 흔적뿐이외다

주님 나는 더 이상 마귀의 조롱을
받고 싶지 않습니다
십자가란 나무조각을 타고
죄없는 영원한 그 세계로
주님의 따뜻한 품속으로
나는 흘러가고 싶습니다

재생의 길을 걸으며

주님! 변하지 않는 믿음을 주옵소서
한 때는 주님의 사랑의 인격을 닮아보고자
온몸이 하얗도록 눈을 맞으며 기도했습니다
피골이 상접하도록 금식도 해 보았습니다
눈물로 밤을 새운 날도 헤아릴 수 없습니다
그러나 창조주의 사랑의 인격이
피조물의 마음 속에 이루어지기란 어려워요

주님! 변하지 않는 믿음을 주시옵소서
나는 주님의 사랑을 받으면서
주님의 마음을 너무 아프게 했습니다
주님을 원망도 해보았습니다
주님을 의지하려고 발바둥쳐보았습니다
침착과 사려와 덕망을 잃어버리고
무질서한 생활을 많이 했습니다

주님! 내 죄가 무거워 일어설 수 없습니다
요나와 같이 점점 타락의 길로
떨어지고 있는 나를 구원하소서

지옥길까지 찾아오시는 주님

주님 영광 홀로 받으소서
마흔아홉 마리 양보다 잃은 양
한 마리를 더 사랑하시는 주님
맹수에 물려 상할 대로 상한 몸
면류관을 얻을 수 없는 몸
죄의 껍질을 벗어버리지 못하고
음침한 지옥의 길을 향하여
슬피 울며 가야만 하던 이 죄인
후회와 절망 속에서 몸부림쳤습니다
가시덩굴 너머에서 저를 부르시는 주님
정말 감사합니다
죽을 수밖에 없는 이 죄인을
지옥길에서 구출하여 주시고
주님 사랑의 주님 감사합니다

유관순 고향을 찾아

인류를 위하여 눈물 뿌린 예수님
인류를 위하여 눈물 뿌린 예수님
인류를 위하여 피 흘려주신 주님
인류를 위하여 피 흘려주신 주님

민족을 위하여 피 흘린 어린 배꽃
꿈에도 잊지 못할 기미년 삼월 일일
민족의 설움이 터지던 그날
예수님이 심어놓은 어린 배꽃 한송이
주님의 주신 진리의 봉화 들고
주님이 주신 충절의 봉화 들고
천원군 병천면 매봉산 꼭대기에 올라
대한 독립 만세 대한 독립 만세
목이 터지도록 만세를 불렀대요

장하도다 그 이름 한국의 샛별
아름답다 그 이름 유관순 십육 세의 어린 배꽃

포악한 왜놈들의 갖은 고문 속에도
민족절개 지키려고 항변하던 그 모습
십자가를 지고가신 예수님 따르려고
어린 몸 열 두 토막 잘라놓고서
민족의 번제물 되어주신 샛별이여

1967년 8월 19일 병천면 지렁이기념관에서

낙화암에 올라

망국의 서러운 한을 안고
앞에 백마강을 바라보며
부소산 언덕 강마루에
의자왕이 정열을 뿌렸던
바위 낭떠러지 못에
백제의 아름다운 꽃 삼천 궁녀
우수수 강물에 떨어졌다
역사에 통곡을 그리고 떨어졌다

낙동강 상류에서

상주 낙동강 수변가에 앉아
사람 낚는 어부는 낚시를 물에 던지고
사람을 낚듯이 고기를 낚고 있었다
눈앞에 하얀 백사장은 어디로 가고
포플러의 아름다운 전경이 서있다
옛날부터 지금까지 새파란 강물은
양의 창자처럼 구불구불 산허리를 안고
밤낮없이 흐르고 있다
강상에는 이름 모를 어부와 어린 딸이
배에 몸을 싣고서 하느적 하느적
쓸쓸히 멀리 자꾸만 흘러간다

1967년 10월 어느날에

봉화산에서

에덴동산은 아담의 눈물의 동산
모리아산은 아브라함의 눈물의 동산
봉화산은 나의 기도의 동산
부활절에는 성도들과 동산에
둘러앉아 하얀 옷을 입고
찬송 부르며 예배드린 곳
봉화산 기도원은 나의 젊은 시절
처음 목회 발령지였다
성도들이 그리워진다

통곡의 벽 앞에 서서

메시아를 기다리며 눈물 흘린 이스라엘
오신 메시아를 알지 못하고
오신 메시아를 십자가에 못을 박고
긴 날들을 통곡의 벽에 기대어
눈물 흘리며 기다리는 어리석은 유대인
통곡의 벽!
유대인의 눈물을 앗아간 통곡의 벽
진주를 발밑에 두고 진주 찾아
방황하는 유대인의 눈물
안타까워라

1970년 8월 2일 성지순례

천지창조

역사라는 길고 긴 어두운 동굴 속에서
신비의 존재로 파묻혀버린 태초
아무도 알아내지 못하고 죽어갔던 비밀
메디안 가시덤불 속에서 모세는 보았다
하나님은 가시덤불 우거진 숲속에서
영원히 꺼지지 않는 불꽃 속에서
원수의 손에 나일 강물에 빠졌던
모세를 불러 하나님의 음성을 들려주었다

질서 없는 폐허의 땅 암흑땅에
주님은 빛을 비추시고 물을 만드시고
대지를 만드셨다
대지위에 아름다운 꽃동산을 만드시고
하늘에는 햇빛 달빛 별빛을 만드시고
공중에는 노래하는 새들을 만드시고
물속에는 헤엄치는 고기들을 만드셨다
에덴동산에 인간을 만드시고

세상을 다스리게 하였다
여기가 행복의 보금자리 에덴
아담과 이브의 사랑의 샘터
눈물이 없는 곳, 한숨이 없는 곳
배고픔이 없는 곳, 병마가 없는 곳
전쟁이 없는 곳
그래서 옛사람들은 에덴을 낙원이라고 불렀다

자유다리를 건너며

푸에블로호 사건으로
우리의 주권을 무시하고
북미회담이 열렸다
어쩌다 이 강토에 삼팔선이
어쩌다 이 강토에 삼팔선이
강대국들의 패권 다툼이
우리의 형제자매를 갈라놓았다
구름도 바람도 북녘땅에 다니는데
새들도 북녘땅에 갔다오는데
우리는 왜 갈 수 없는가
아! 슬프다 이 민족이여
주여 삼팔선을 무너뜨리소서

가을의 병상일지

인생 이십사 년 저물은 만추에
영양실조로 병들어
병든 마음과 육체는 고향이 그리워
추풍령 고개를 넘어 산 아래로 넘어간다
많은 친구들은 간 데도 없고
고향의 부모형제가 만들어 준 병상에서
병상일기마저 쓸 수 없어서
생기를 잃은 눈은 천장을 바라본다
하루하루 죽음의 악마가 넘실대는 시간
펄펄나는 몸의 열은 사십 도가 넘어
정신없는 헛소리로 부모형제를 놀라게 하고
혼합열이라는 독감 종류를 앓고 있었다
사십 일 동안 긴 병마와 싸워
이길 수 있도록 우리 주님은
나를 쓰시려고 살려주셨다